DISCOVRS
SVR LE LIVRE
DE BALZAC,
Intitulé le Prince.

Le Iur deux Lettres suiuantes.
En Decembre 1631.

DISCOVRS

SVR LE LIVRE

DE BALZAC,

Intitulé le Prince.

Et sur deux Lettres suiuantes.

I'AVOIS cy-deuant ouy dire (car ie ne suis point autrement meslé dans les discours ny dans les affaires du monde) que les escrits de Balzac auoient produit vne grande diuersité de iugements, les vns l'ont admiré comme le plus excellent Autheur de nostre siecle, les autres l'ont traitté comme indigne d'auoir nom entre les Escriuains supportables. Cela ne m'auoit pas toutesfois donné la Curiosité de regarder ses liures, non plus que ceux que chacun attribuë au defunct P. Goulu, Chef de ses aduersaires. Entre ceste contrarieté d'auis, ie tenois le mien en suspens; & sans estimer cét homme tant excellent, ie ne le tenois pas aussi pour mauuais autheur ny mesprisable. Ayant en fin appris sur la fin du mois passé, qu'il auoit mis au iour vn

œuure medité depuis longues annees, & dauanture en ayant trouué le liure chez vn de mes
amis ; le visage du Roy graué sur la premiere
page m'obligea de le lire, & de resoudre en suitte ce que ie deuois iuger d'vn Escriuain si contredit. En ceste lecture ie sentis, ensemble du
plaisir & des espines, & n'eus pas difficulté de
me porter à croire, que ceux qui estiment Balzac n'ont pas entierement tort, & aussi que
ceux qui le blasment ne sont pas sans raison. Il
ne sçauroit pas mal escrire, s'il sçauoit bien iuger ; & si l'Eloquence estoit toute confuse auec
l'Elocution, Balzac y pourroit pretendre vne
place assez honorable. Il a grande election de
paroles, qu'il ioint proprement ensemble par vn
stile doucement coulant & figuré ; Il a beaucoup de rencontres, qui ne tomberoient pas ai-
sément dans tout autre esprit : & voila proprement le talent & la perfection de Balzac : hors
de ceste belle partie de l'Eloquence, s'il trouue
quelque autre chose à propos, il en merite vne
autre recognoissance, que le nom d'Orateur.
Pour les veritables louanges de sa Majesté,
pour beaucoup d'instructions Chrestiennes &
Morales, on le peut estimet François, Chrestien
& Philosophe. Il separe le seruice de Dieu de la
superstition, il condamne la nouuelle Theologie & ses Autheurs, ouuriers d'Equiuoques, de
liures seditieux, & de couteaux de Parricides, il
deteste la desloyauté & le manquement de foy,
il hayt les fourbes, il louë la chasteté, la probité,
la moderation, & les autres vertus autant re-
commandables en sa Majesté, qu'elles se trou-

Page du Li-
ure de Bal-
zac 230.

uent rarement auec vne fouueraine puiſſance:
on doit à tous ces diſcours vne particuliere
loüange, autre que celle d'vn excellent Orateur. Ce ſont bonnes pieces, mais hors d'œuure. Car comme en l'Architecture on a premierement égard à la commodité, puis à l'ornement : on rejette les embelliſſements, qui char-
gent l'œuure & le rendent incommode : puis
dans l'ornement meſme on tire la principa-
le beauté de la proportion, & l'on ne fera point
le portail plus ſpacieux, ou les galeries plus
grandes, que tout le baſtiment d'vn Temple :
Auſſi ne peut-on pas recognoiſtre pour vn ouurage legitime de l'Eloquence, vn diſcours
plus remply de ſes digreſſions, que de ſon propre ſuiet, vn recueil de beaux lieux communs
& de matieres vniuerſelles, qui ſe peuuent aiſément tirer à tout autre propos. A la verité les
Poëtes ont touſiours eu le priuilege de faire des
ſaillies de leurs diſcours plus libres, ils entrent
quelquesfois plus lentemét, s'arreſtent plus lóg
temps à la ſortie, parmy les loüanges des hommes, ils meſlent celles des Heros & des Dieux,
ils ſe ioüent de leur ſuiet, & pourueu qu'ils di-
ſent choſes plaiſantes, & qui ayent quelque
rapport entr'elles, ils ne s'eſloignent ny de leur
deſſein, ny de leur Art. L'Eloquence d'vn Orateur qui ſe propoſe de perſuader les eſprits, non
de les amuſer, eſt beaucoup plus ſerieuſe &
plus retenuë : & bien qu'elle n'ignore pas, que
le diſcours pour gagner plus facilement creance, doit eſtre aſſaiſonné de plaiſir, elle ſçait auſſi

que le iugement du Lecteur est dédaigneux,
superbe, qui s'ennuie mesmes des douceurs,
qui demande raison de ce qu'on luy a presenté,
qui desire sçauoir pourquoy & comment on le
traitte. Si l'Eloquence force, si elle emporte
d'assaut & se rend maistresse de l'ame, ce n'est
pas sans presser, ny en iouant & diuertissant à
toute heure ses forces. Que si tousiours elle n'a-
git pas auec pareille violence, si elle n'attaque
pas continuellement, au moins ne s'esloigne
t'elle point, & comme en vn siege bien re-
glé, elle ne quitte point ses fortifications &
ses tranchées.

Ie me sens auancé, presque sans m'en estre
apperceu, en la Censure du liure de Balzac. Ie
l'entreprendray donc, non pour haine aucune
d'vn homme, que ie n'ay point cogneu, sinon
en ce dernier escrit: ny pour empescher seulement, que la ieunesse soit abusée par vn faux
patron d'Eloquence: mais principalement
pour ne laisser passer sans contradiction & sans
reproche, à la honte de nostre siecle, plusieurs
mauuais traits & discours, que Balzac, peut
estre sans y penser assez expressement, a mis
contre l'honneur de Dieu & du Roy, & contre
le bien de l'Estat. Ie ne delaisseray pas toutesfois le soin de l'Eloquence: mais comme il est
plus raisonnable d'euiter la corruption des opi-
nions & des mœurs, que celle du langage, ie
m'arresteray plus à ce qui choque la verité,
qu'aux vices du bien dire.

111   Auec ce dessein ie ne dois pas craindre, que

...ifice de Balzac luy reüſſiſſe, qui a penſé
...cher le crime de leze Majeſté à ceux qui
...'adoreroient pas ſon ouurage. Il a creu pouuoir mettre ſes defauts à couuert ſous le man-
teau du Roy; comme ſi nous deuions à ſes
eſcrits la meſme reuerence, que nous portons
& deuons à ſa Majeſté, comme s'il n'y auoit
pas moyen de remarquer les fautes d'vn mauuais Orateur, ſans offenſer le meilleur Prince
de l'Vniuers. C'eſt peut-eſtre vn teſmoigna-
ge de ſa conſcience, qui reſſent ſa foibleſſe,
& veut defendre par les armes du Roy, ce qui
ne ſe peut ſouſtenir de ſoy-meſme. Maïs c'eſt
abuſer de ſon Maiſtre, d'en vouloir faire ſon
boüclier, & de penſer l'engager à la defenſe
d'vne mauuaiſe cauſe, comme à vne guerre iniuſte. Les Princes ne defendent pas touſiours
aux mauuais Poëtes & Orateurs d'eſcrire
leurs loüanges, ils ne leur donnent pas touſiours de l'argent pour ſe taire, ils ſouffrent
quelquesfois des volontez indiſcretes d'Autheurs impertinens: mais ils ne s'intereſſent pas
à les ſouſtenir, comme s'ils eſtoient eux meſmes
moins loüables pour auoir eſté mal loüez. Ils
ſçauent, que comme leur gloire eſt éclaircie
par vne bonne plume, elle n'eſt pas diminuée par
vne mauuaiſe: ou bien ſi elle en reçoit quelque
diminution, on doit faire eſtat de ceux qui re-
prennent la temerité, & qui monſtrent les defauts d'vn mauuais Eſcriuain. Au moins n'of-
fenſent-ils point le Prince, non plus que celuy,
qui remonſtreroit à vn mauuais Peintre les fautes, qu'il auroit commiſes en l'image du Roy.

Apres cette precaution, necessaire pour cou-
per chemin à toute calomnie, ie diray libre-
ment ce que ie croy qui est, qu'en matiere
d'Eloquence, on auroit de la peine à trouuer
vn liure plus defectueux, que celuy de Balzac.
Son titre est ambigu, son commencement im-
pertinent; le Corps du liure extrauagant, &
la fin conclud ce que l'on n'attendoit point. Le
titre qui doit expliquer le dessein, nous promet,
au moins en sa premiere & plus facile intelligence, l'Institution d'vn Prince, la proposition nous
fait esperer les loüanges du Roy : des quatre
parties du liure, les trois entieres parlent de toute autre chose: & la Conclusion porte à la guerre d'Italie contre le Roy d'Espagne. Si cela
se peut appeller Eloquence Oratoire, Balzac
est veritablement le plus admirable & pro-
digieux Orateur, que le monde ait iamais
porté.

L'impertinence de son commencement est
aussi visible que la lumiere du Soleil, qu'il y
descrit. Ce grand discours iusques au conte de
son Esclaue Flamand, est aussi propre à tout suiet, qu'au dessein de Balzac. On ne se peut ima-
giner aucun propos, où la description d'vne
Maison, de l'Automne, de l'Hyuer, du Soleil,
des prairies, des bois & riuieres, & des serieu-
ses occupations de l'Autheur, ne s'accommode
aussi iustement, qu'à ce suiet. Ceux qui li-
ront Platon, Ciceron, & autres Escriuains de
Dialogues, que nostre Autheur accuse, &
pour parler selon son sentiment, du vice, c'est
à dire de l'imitation desquels il se pense deffen-
dre,

des, trouueront bien de la difference entre les
necessaires & iudicieux ajustemens des personnes, que ces excellens Autheurs doiuent intro-
duire à parler, & ces promenades, que faict
Balzac en ses discours mols & inutiles de son
oisiueté champestre. Car outre l'impertinence, l'on y void encore l'imperfection d'vn homme delicat, qui pense n'auoir vescu qu'autant
de temps qu'il a senty le plaisir, & qui se baigne
dans la representation de ses faineantises, sans
se soucier du iugement des hommes, qui sont
tous naturellement offensez par vn vain amateur de soy-mesme.

Il entre dans son conte par vne imagination
digne seulement de son esprit. Car quel autre
pretendant à la gloire d'Orateur, quel autre
homme, qui n'auroit pour toute Eloquence,
que le seul dessein de se rendre croyable, se seroit aduisé d'vne si belle & si poëtique feinte?
Que si Balzac nous veut debiter sa rencontre
du Gentil-homme Flamand pour vne verité,
& qui nous oblige par mesme moyen, à croire
qu'il prist cest esclaue à la premiere veuë, pour
vn Dieu de la Charante, ie ne puis com-
prendre quelle est sa Rhetorique, & de quel
artifice il vse pour se donner creance, quand il
se veut faire passer pour vn resueur si profond
& si melancholique.

Si d'autre costé pour l'honneur de Balzac,
il vaut mieux prendre le tout pour vne fable:
nous luy dirons encor, que c'est vn mauuais
artifice pour se faire croire, que de paroistre
menteur en commençant à parler: qu'il a tort

de commencer par vne piece de Roman & de Theatre les iuftes & veritables loüanges de fa Majefté. Puis on luy pourra remonftrer la rudeffe de fon inuention: il paffe la mer, il entre dedans la Barbarie, il penetre en la prifon, & va trouuer & tourmenter la derniere & plus miferable condition entre les hommes, pour faire inhumainement tuer vn pauure efclaue Efpagnol par la main de fon compagnon & Chreftien & François. Qui euft attendu le recit d'vne cruelle mort au commencement d'vne loüange? Ce qui fembleroit dur, ce qui pourroit faire horreur mefme aux Mahometans, & aux Barbares, font les delices, & les gentilleffes de Balzac: il trouue ce commencement propre aux loüanges du Roy, & digne de l'œuure de la plus longue haleine, qu'il penfe auoir iamais efté entrepris en eloquence. C'eft ainfi qu'il fe fait recognoiftre, & prudent Orateur, & bon François, qui ne peut affez toft monftrer fon deffein & fa hayne contre les Efpagnols. Il donne en l'Iffuë de fon honorable duel vn bon prefage de la guerre qu'il va confeiller, & monftre en cét exemple, comme en vn tableau racourcy, combien il eft ayfé de venir à bout de l'Efpagne.

I V.　Ce que i'ay auancé des diuerfes extrauagances en tout l'œuure n'a befoin d'autre preuue, que de la fimple veuë du liure. On ne le pourra lire fans s'eftonner, comme il parle tant de diuerfes chofes, & fi peu de fon fujet. Si pour loüer la pieté du Roy, il eft permis à l'Orateur de faire vn grand traitté des diuerfes efpeces de

deuotion ; puis à propos de deuotion, s'esten-
dre au large fur la nouuelle Theologie & fur
l'ancienne. S'au fuiet des exercices de fa Maiefté il faut faire le difcernement des arts, & la
critique de toutes les fciences (on peut dire la
mefme chofe des autres digreffions) quel difcours ne s'accommodera bien à tout propos?
qu'appellera-t'on mal à propos, fi telles faillies
ne le font ? Il ne s'agit pas maintenant de la
bonté de fes lieux communs, ou de leur fauffe-
té, s'ils nuifent aux bonnes mœurs, ou s'ils
peuuent aucunement feruir ; tels qu'on les vou-
dra tenir, ils font hors du fuiet ; s'ils peuuent
eftre bien employez dedans vn autre ouurage,
ils ont mauuaife place en celuy-cy : fi ce ne font
fautes de Philofophie, ou de Chreftien, ce font
manquemens d'Orateur.

Iufques icy i'ay plus remarqué les defauts
d'artifices : i'en toucheray maintenant quelques vns felon qu'ils fe font prefentez en l'or-
dre du liure, qui femblent eftre de plus de con-
fequence : ce font bien fautes de l'art, car iamais
l'Orateur ne fe trompe, fans offenfer fon nom :
auffi peuuent elles eftre de la fcience & de l'o-
pinion de l'autheur. Si i'vfe de quelque lon-
gueur, la neceffité me feruira d'excufe, ie n'ay
peu reprendre, fans faire voir ma raifon.

Ie commenceray par vne remarque, qui con- N. V.
cerne la tranquilité de l'Eftat : & demanderay à
Balzac, ce qu'il entendoit dire quand il a efcrit
de l'Herefie abatuë, que fi quelques vns s'y tiennent en pareffeux, pour demenager fur le tard,
perfonne toutesfois ne s'y arrefte ni pour y mourir. Il ne P. 45.

B ij

pourra pas accuſer aueun de calomnie, ſi l'on prend ſes paroles comme vn aduertiſſement aux pretendus Reformez, qu'en fin on a deſſein de les forcer en leur creance. C'eſt la premiere face, c'eſt la plus claire intelligence de ſon dire, qu'il n'eſt pas beſoin de rendre plus commune, pour n'alarmer point vainement, ceux que la parole inuiolable & les Edicts du Prince tiennent auſſi certains de l'aduenir, que les yeux & leur ſentiment les aſſeurent des choſes preſentes. Il n'y a perſonne en France d'vn ny d'aure coſté, à qui le reſſouuenir de nos guerres de Religion ne ſoit horrible, & qui n'admire la prudence du Roy, qui a ſceu dextrement ruiner la rebellion, ſans bleſſer la conſcience des rebelles. Auſſi ne veux-ie pas accuſer Balzac d'vne ſi preiudiciable penſee : ſon dire a deux ententes, nous choiſirons la meilleure, bien que la moins commode & plus obſcure; veu meſmes qu'il ſe declare ailleurs ennemy de ceux qui rompent la foy publique, & note le maſſacre de l'an ſoixante & douze comme l'exemple d'vne

39. deuotion deteſtable. Toutesfois luy-meſme recognoiſtra, qu'il n'a pas bien parlé, s'il n'a pas mal penſé, & que s'il n'eſt mauuais François, au moins n'eſt il pas bon Eſcriuain, de laiſſer en vne matiere ſi delicate des ambiguitez ſi dangereuſes.

11. S'il traitte les affaires d'Eſtat auec tant de negligence, il n'apporte pas dauantage de ſoin ny de religion à ce qui touche l'Egliſe. Parlant des deuoirs que ſa Maieſté rend ſouuentes fois à cette mere commune des enfans de Dieu, il vſe

defaçons de parler si estranges, & d'imaginations si excessiues, qu'elles ne peuuent aucunement estre prises pour loüanges du Roy, & que
les aureilles des Catholiques en demeurent
offensees. Ie demande, non pas à vn subtil Orateur, mais à tout iugement naturel, quelle sorte
de loüange est celle-cy. *Que le Roy ne se peut* 117.
accuser à la confession, s'il ne se calomnie, parce qu'il a
conserué pure & entiere iusques icy l'innocence qu'il a
receuë de son baptesme : que s'il se confesse, ce n'est pas
pour se nettoyer, mais pour se rafraischir : ce n'est pas
pour se guerir, mais pour se confirmer en santé.
Balzac a eu crainte, que l'on prist les confessiõs
ordinaires de sa Maiesté, qui sont marques tres-
euidentes de la grande pieté du Roy, pour vne
accusation de sa vie; & s'estant imaginé vne
obiection qui ne peut tomber en l'esprit d'aucun homme raisonnable, il s'escrime inutile-
ment, & se blesse luy-mesme, & ne fait rien à
son suiet.

Si le Roy se prosterne souuent aux pieds d'vn
Prestre, il donne autant de tesmoignages de sa
modestie: il se recognoist homme, releué qu'il est
par dessus les autres hommes ; il rend la gloire
que nous deuons tous à Dieu, seul parfaict, seul
exempt de tout defaut, deuant lequel vn enfant
d'vn iour est souillé, & qui a trouué de la malice
mesme en ses Anges. La perfection des hommes sa plus excellente est bien esloignee de ce
degré. Vn homme aura de la foy iusques à re-
muer les montagnes, sera sainct & fauorisé de
Dieu iusques à chasser les Diables, qu'il sera
tous les iours molesté de mille defauts. Esloi-

gnez tant qu'il vous plaira l'homme le plus parfaict des occasions de faillir, vous ne luy oste-
rez pas ses membres, ses affections, & passions,
qui luy font continuellement cognoistre comme
il est imparfaict. On a dit autresfois des Stoi-
ques, qu'en exterminant les passions de leur
sage, ils le despoüilloient du nom & de la condition d'homme. La religion nous fait encore
mieux cognoistre nos imperfections & nostre
foiblesse que la Philosophie ; aussi nous en a
t'elle rapporté les remedes que nous ne pou-
uions esperer de la raison. Si le Roy, la vertu
duquel le met autant hors de la censure des
hommes, comme sa condition l'exempte de
leur estre redeuable, se recognoist deuoir quelque chose à la iustice de Dieu, on ne l'en peut
blasmer non plus que d'estre homme ; s'il cher-
che les moyens accoustumez en l'Eglise, pour
demander à Dieu le pardon de ses defauts humains, on ne peut l'en reprendre plus raisonna-
blement, que d'estre Chrestien. Cela ne dimi-
nuë point l'opinion que tout le monde doit
auoir de la pieté du Roy, au contraire il accroist
& fortifie la croyance vniuerselle, qu'il n'y a
personne plus craignant Dieu, ny plus aymé de
Dieu que sa Maiesté.

Icy ie pourrois demander à Balzac, à quelle
fin la Confession est ordonnee dedans l'Eglise ; si
pour vne simple consolation & rafraischisse-
ment, si pour lauement & guerison : mais parce
qu'il affecte plus la gloire d'Orateur que de
Theologien, ie l'aduertiray d'vne assez notable
faute en son mestier. C'est vne grande impru-

dence de vouloir persuader aux autres, ce que chacun sçait que vous ne pouuez sçauoir, & de mettre en auant ce que vous ne pouuez pas prouuer, si on le conteste. Balzac a-t'il esté appellé pour entendre les secrets entretiens de sa Maiesté auec vn Confesseur? si on luy demande caution de ce qu'il aduance, obligera-t'il les Peres Iesuites de publier le depost de la conscience du roy?

Mais Balzac pourra peut-estre dire en cét endroit, que l'on le calomnie, qu'il a mis exprés en son texte ce mot *le plus souuent*, à fin d'euiter la reproche, qu'il sembloit preuoir en escriuant, & que depuis l'impression, peut estre par l'aduertissement de ses deux Approbateurs, il a mesme corrigé cette parole de *plus souuent*, & qu'à la fin de la table, où tout le monde ne s'aduisera pas de regarder, il s'est estudié d'adoucir ce passage par vn *quelquesfois*, & par cét autre mot plus modeste, *souuent*, qu'il y appose trois diuerses fois. Mais il ne gagne rien: car outre qu'il se trouuera aussi empesché à prouuer son *quelque fois*, & *souuent*, comme *le plus souuent*, ie luy monstre en mesme page & discours, vne contradiction: Comment *celuy qui ne se peut accuser soy-mesme, s'il ne se calomnie, qui a gardé iusques icy l'innocence qu'il a receuë de son Baptesme*, peut-il quelques-fois auoir eu besoin de la Penitence? car Balzac ne niera pas, comme ie croy, cette visible consequence, que l'on tire de son discours, que celuy qui se confesse, non pas toufiours pour s'accuser de ses fautes, se

117.

confeſſe quelquesfois pour ſ'en accuſer.

Encor luy demanderay-ie auant que de paſſer outre, comme il peut cognoiſtre, ſi l'on aura conſerué l'eſpace de vingt ou de trente ans l'innocence priſe au Bapteſme. Ce que perſonne qui viue ne peut aſſeurer ny ſçauoir de ſoy-meſme, comment vn homme le peut-il dire d'vn autre, ſi Dieu ne le reuele, qui ſeul en a la cognoiſſance ? Mais comme Balzac ne veut pas paſſer pour eſprit illuminé, ny pour Prophete, auſſi n'a-il pas beaucoup de raiſon de pretendre à la reputation du meilleur Orateur de tous les ſiecles, puis qu'en vn ſi beau ſubiet, comme ſont les loüanges de ſa Majeſté, il tombe ſi honteuſement en terre, & qu'en vne meſme page, en ſi peu de lignes, il commet tant & de ſi remarquables fautes.

VII.

Ie viens de ſuitte au iugement des ſciences, & ſans repeter ce que i'ay remarqué cy-deſſus, que cette longue diſgreſſion vient aſſez mal à propos, ie dis qu'il a mauuaiſe grace d'employer ſon eloquence au meſpris des bonnes lettres. Noſtre aage eſt aſſez pareſ-Depuis 141. à 157. ſeux, & nous voyons tous les iours ceſte ardeur des ſciences, qui s'eſtoit allumee depuis vn ſiecle, s'eſteindre & diminuer parmy nous. Les eſtudes, dit-il, entretiennent la chicane : il me ſemble tout au contraire que les hommes ſtudieux plaident beaucoup moins que les autres. Les lettres empeſchent l'Agriculture, les Sçauants ſont-ils tous ſeuls, qui

ne met-

ne mettent pas la main au labourage, ou les terres des Estudians sont-elles plustost en frische
que celles des autres? Le commerce pareillemét
n'est point ruiné par la science. Les Mathematiques plustost, ausquelles Balzac s'attaque plus
particulierement, l'ont estably, nous ont ouuert
les mers, découuert des terres incogneuës, &
fait que maintenant toutes les parties de la terre
peuuent s'entrecommuniquer leurs richesses.

Mais les estudes sont contraires à la guerre.
Pleust à Dieu qu'elles l'eussent exterminée, &
que tout le monde (estant heureux en vne honorable & perpetuelle paix qu'il voudroit) pust
passer doucement son temps és lettres, que nostre Autheur croit inutiles, peut estre pour ne
les auoir iamais assez bien considerées. Il est
vray que les lettres adoucissent merueilleuse-
ment vn esprit farouche, & domtent puissam-
ment les fougues d'vn naturel impetueux; mais
tant s'en faut qu'elles diminuent la vaillance,
& qu'elles nuisent à la guerre, que presque toutes les belles & grandes actions ont esté con-
duites & mises à fin par des hommes excellens
en sçauoir. Il m'est aussi facile de le prouuer
que de le mettre en auant, s'il ne valoit mieux
se taire, que de dire ce qui est trop cogneu. Ie
me contenteray, pour monstrer que les sciences n'apportent point vn si pesant engourdisse-
ment aux hommes, de faire remarquer que jamais l'Europe, & particulierement la France,
n'a veu plus de diuerses guerres, ny plus d'a-
ctions d'adresse & de generosité que depuis le

temps dans lequel nos peres virent renaiſtre les
ſciences: non que les bonnes lettres ayent donné
le ſuiet des troubles, qui a preſque touſiours eſté
l'ambition des Grands; mais par ce que les eſprits
eſtans ſubtiliſés par les ſciences, & les courages
animés par les anciens exemples & par les ex-
hortations d'hommes eloquens, les armées
eſtoient d'vn coſté & d'autre mieux ordonnées,
plus actiues & plus fortes. Les hommes n'ont
pas eſté moins belliqueux, ny auſſi moins indu-
ſtrieux, quand en quelques vnes de nos guerres
de religion, ainſi que i'ay entendu, ſe ſont quelquesfois rencontrés en vn meſme corps de gar-
de, ſeize ou vingt Gentils-hommes liſans l'Iliade
d'Homere en ſa langue: & pour auoir entendu
les Mathematiques, les villes n'en ont pas eſté
moins aſſeurément fortifiées, moins habilement
attaquées, ny moins ſagement defenduës. Et ce
que Balzac fait alluſion à la mort d'Archimedes,
quand voulant prouuer, qu'il n'y a point d'Eſtat
ſi aiſé à ruiner, que celuy dans lequel les bonnes
lettres fleuriſſent, il dit, *que l'on aura affaire à des*
hommes aſſoupis en leurs profondes ſpeculations, qui
dans vne ville priſe n'entendront ny le ſon des trom-
petes ny le bruit des armes, & ne s'apperceuront qu'il y
a du danger. Ce diſcours, diſ-ie, eſt aſſés bien pris
par noſtre maiſtre d'Eloquence, pour prouuer
tout le contraire de ce qu'il a deſſein de mon-
ſtrer. Il n'eſt beſoin de s'arreſter à rendre ceſte
faute d'Orateur plus viſible: chacun ſçait aſſés
l'hiſtoire de Marcellus & la priſe de Syracnſe.

Balzac, derechef nous accusera de le calom-
nier, comme s'il vouloit faire vne Moscouie &
vne Turquie de la France, comme s'il vouloit
ramener la barbarie de quelques siecles passez:
qu'il a dextrement esuité ce reproche par vne
distinction mal expliquée des sciences vtiles &
inutiles; qu'il rejette celle-cy, qu'il approuue &
cherist fort les autres.

Mais en premier lieu, ie le reprends de dissimu-
lation ou d'ambiguité, ou bien il n'est pas resolu
s'il veut condamner absoluëment les sciences,
& partant il nage entre deux eaux, & mesle son
discours, en sorte qu'il semble tousiours estre
d'vn & d'autre party; ou parce qu'il n'ose pres-
cher l'ignorance, & conseiller au monde, de cre-
uer l'vn de ses yeux, il veut corriger ce qu'il a
trop rudement auancé.

Puis apres ie dis, que non seulement sa corre-
ction n'efface pas ce qu'il a deuant escrit contre l'estude des bonnes lettres, que mesmes elle
dit de nouuelles injures aux hommes d'estude.
Ceux qui ne cessent de s'emplir de doctrine, qui pas-
sent leur leur temps à l'intelligence d'vne langue ne
peuuent apporter de deshonneur, ny estre dom-
mageables à vn estat: au moins viuent-ils en innocence, ne sont point *suiets intolerables*, & ne
meritent pas d'estre retranchez comme membres pourris de la societé des hommes. Les plai-
sirs de l'estude sont aussi honnestes, ou du moins
aussi pardonnables, que ceux de la faineantise.
Balzac pense n'auoir vescu qu'vn Automne, qu'il
a passé aux champs sans rien faire; ne pouuant

faire reuenir ces iours bien-heureux, il les regou-
ste le plus qu'il peut par le souuenir & par le discours : qui diroit que Balzac estoit alors à rejet-
ter, ou qu'il le faut maintenant retrancher *de la*
societé des hommes, comme superfluité de la republi-
que, propre seulement à peupler les solitudes auroit-
il grande raison, si dauanture il ne se fondoit sur
l'authorité mesme de Balzac ?

En outre, quand apres auoir distingué generalement les sciences inutiles de celles qui peuuent seruir, il n'admet entre les vtiles, que l'Eloquence, *pour la part qu'il y pretend*, la Morale &
l'Histoire ; par ceste exemption & denombre-
ment, il condamne assez toutes celles dont il ne
parle point. S'il s'excuse, qu'il ne traitte que des
sciences dignes d'vn Prince, outre que ie n'ap-
perçois point de cause, pour laquelle il soit mes-
seant à vn Prince d'estre aussi sçauant qu'vn autre homme : ie luy respondray, qu'en sa digres-
sion il parle generalement des sciences, sans distinction de la qualité de ceux qui les recher-
chent ; & qu'en les ayant vniuersellement blas-
mées, & en exceptant par apres quelques vnes,
il laisse toutes les autres condamnées par son si-
lence,

En fin en ce qu'il se reprend, on peut dire
qu'il se contredit. Il ne veut pas faire reuiure ces
tenebres, qui couuroient la face de la terre,
quand les Princes de Valois & de Medicis fu-
rent diuinement enuoyez pour chasser la barbarie. Comment l'ont-ils chassée ? sinon principalement par le renouuellement des trois langues,

qui ont donné l'entrée aux meilleurs esprits dedans les liures des sages & sçauans de tous les siecles, & nous ont produit tant d'excellens Philosophes, Theologiens, Medecins, Iurisconsultes & Mathematiciens, que le dernier aage peut opposer à toute l'antiquité. Les sciences dans ces derniers temps ont toutes pris leur enrichissement & leur perfection des langues, que Balzac n'auroit iamais mesprisée, s'il les auoit cogneuës plus familierement, la lecture des sages & des maistres de son art, qu'il luy auroit fallu voir, pour les apprendre, luy auroit formé le jugement, & empesché de faire tant d'extrauagances notables en ses escrits, que le moindre de ces gens de College, qu'il desdaigne si arrogamment, pourroit aisément les luy faire toucher. Les Mathematiques ausquelles il s'est particulierement attaqué, ont aussi pris vn tres-grand accroissement depuis le regne du grand François : & ie ne voy pas quel sujet a nostre siecle de s'en plaindre. Depuis le mesme regne la Poësie, l'exercice des esprits les plus gentils, a fait des efforts comparables à ceux des saisons les plus heureuses. La France n'en a pas esté moins guerriere, ny moins fertile, ny plus deshonorée. Et toutesfois n'estimez pas que Balzac traitte plus fauorablement cest honneste entretien des beaux esprits, que du nom de maladie, c'est à dire de folie : sans considerer que tous ses discours remplis de fictions, de digressions & d'hyperboles, ne sont qu'vne continuelle Poësie sans rime, comme dit le Prouerbe, & bien souuent

ſans raiſon. Que ſi la Poëſie, à ſon iugement eſt
vne maladie d'eſprit, il recompenſe dignement
la peine de deux Poëtes, qui à l'entrée de ſon liure font taire tous les anciens autheurs Grecs &
Romains, & tous les nouueaux de noſtre ſiecle,
pour n'entendre deſormais que ceſt Orateur eſ-
peré dés long temps par tout le monde. Voilà
Sirmond bien honneſtement payé de ces beaux
carmes Latins. Si Balzac auquel il fait vne ſi hon-
teuſe Cour, ne luy donne point autre choſe, il
fera bien ſagement de chercher fortune ailleurs,
poſſible il trouuera mieux ſon conte à faire de la
proſe Françoiſe.

Ie veux en ſortant de ceſte matiere laiſſer à Balzac ceſt auertiſſement, que ny Dialecticien, ny
Poëte, ny Grammairien, ny manieur de globes
n'ont point ruiné d'Eſtats. Les mauuais Orateurs
en ont renuerſé la plus part, & quiconque anime
les Princes & peuples voiſins à des haines irre-
conciliables, prepare la guerre, & met au moins
deux Eſtats, & ſouuenteſfois pluſieurs, en danger
de ſe perdre.

Ce que ie diray preſentement pour la verité, ne
ſe doit pas oublier pour l'honneur de noſtre Frã-
ce. Nous ne pourrions endurer qu'vn eſtranger
la traittaſt auec ſi peu de raiſon & tant d'indi-
gnité. Selon l'aduis de Balzac nos Anceſtres ont
eſté tous brutaux, chez leſquels depuis la naiſſan-
ce de l'Eſtat iuſques à preſent *la Fortune a gouuer-*
né ſouuerainement, & n'a laiſſé au ſens & à la raiſon,
que fort peu de part en la conduite des affaires. Ils ſe
bandoient les yeux pour combatre. Il ſembloit en

leurs traittez, qu'ils eussent dessein de ruiner tout. A peine depuis douze cens ans *on trouuera deux Princes* (pour n'en excepter aucun, il les laisse à deuiner) desquels on se doiue contenter. Entre tant de Charles, de Louys, de Philippes, & de Henrys, entre les Pepins & les Capets, Balzac ne trouue que de la temerité, de l'imprudence & de la legereté. Il n'y a jamais eu de conseil, jamais de sages Ministres, ny en paix ny en guerre. Tant de grandes actions ont heureusement esté mises à fin sous les auspices des Roys precedens : Les armes de France ont remply de trophées l'Europe : l'Asie & l'Afrique ont gagné des Empires, & les ont long-temps conseruez ; mais contre toute raison : selon l'opinion de Balzac ils deuoient plustost tout perdre. Cet Estat si bien temperé, si sagement ordonné, que les Politiques estrangers admirent, & qu'ils ont estimé le plus propre à subsister de toutes les formes de gouuernement, n'a esté que desordre, confusion, & hazard : sa conseruation depuis tant de siecles n'est qu'vn miracle continu, qu'vn perpetuel combat du ciel contre la folie de nos ancestres. Qui pourroit supporter l'insolence d'vn si haut mespris, mesme dans vn autheur ennemy de ce Royaume?

Mais cela tourne à la gloire de sa Maiesté. Comment la honte de son Estat & de ses Peres & ancestres tourneroit-elle à sa gloire outre que ce n'est pas grand auantage d'estre plus que rien, ny grande loüange d'estre plus sage que ceux qui IX n'ont aucun sens ny raison ?

Iusques à present, si les fautes de Balzac ne sont point tolerables, au moins ne sont-elles point sãglantes, elles n'ont fait mourir personne. I'accuse celles qui suiuent, non seulemét d'iniustice, mais encor d'vne insupportable cruauté. Il escrit, *qu'il ne conseille pas aux Princes* (& qui leur voudroit conseiller?) *de se laisser tuer. Ils peuuét,* dit-il, *preuenir le danger, voire par la mort de ceux qui leur sont suspects.* Quoy? seulement suspects? Balzac n'adiouste point autre chose, *C'est,* prononce-t'il, *vne excusable seuerité.* En quel Commandement de Dieu, en quel conseil des Apostres a-t'il trouué vne verité si importante ? En quelle Morale l'a-t'il apprise, en quelle Politique? si ce n'est dauanture en celle de Machiauel, qu'il canonise comme sainct? En quelle vie d'vn Prince moderé, d'vn Prince iuste, tel que le nostre, se trouuét quelques exemples d'vne si funeste & barbare doctrine? tuer les suspects! Et s'ils n'ont point offensé? s'ils sont soupçonnez à tort? si ceste *prudence qui penetre dans les pensees & dans les secrets des hommes,* qui n'est pas diuine, qui n'est pas infaillible, si elle s'est trompee, qui r'appellera la vie des hommes tuez iniustement? quelle satisfaction fera le Prince? que pourra-t'il rendre à ceux ausquels il aura osté la vie? Et si, comme il arriue souuent, que les plus genereux & plus vertueux sont ordinairement aussi plus suiets à estre soupçonnez; si la calomnie fait tacitement ioüer ses mines dãs l'esprit d'vn Prince moins auisé que le nostre, contre ce qu'il y a de plus eminent apres

luy

luy dedans son Estat, comme les histoires nous en
fourniffent trop d'exemples deplorables : vn fer-
uiteur fidele, vn Fils, vn Frere fera-t'il pluftoft
affaffiné qu'accufé? Si fon innocence fe defcou-
ure apres fa mort, (Monfieur de Balzac vous
m'excuferez fi ie parle à vous) le Prince que vous
aurez foüillé dans vn deteftable meurtre reco-
gnoiftra-t'il fon crime, ou s'il continuera, pour
fouftenir ce qu'il aura fait, de noircir la memoire
de l'innocent? En quelles detreffes voftre confeil
reduiroit t'il vn Prince qui n'auroit pas entierement effacé de fon ame la crainte de Dieu, ny la
honte des hommes? Vous permettez le meurtre
au Prince pour fe deliurer de foupçon. Voftre
remede eft plus mortel fans comparaifon que la
maladie. Si le Souuerain eft entré en quelque
deffiance, & ne peut pas fi aifément s'en retirer,
vous iugez plus raifonnable qu'il deuienne cri-
minel, pour s'affeurer, que de demeurer auec
quelque crainte en eftat de iuftice & d'innocéce.
Combien de Princes Payens auroient plus volontiers perdu la vie que de facrifier à leur affeurance des hommes feulement fufpects? Qui eft
voftre confeil. Vous faictes vn fignalé tort à la
clemence & bonté du Roy. Vous offenfez le
bonheur de fon regne par des propofitions que fa
Maiefté detefte, & fçait n'eftre propres qu'à fouftenir des actions tres-diffemblables, & tres-con-
traires aux fiennes, ie veux dire d'vne extreme
violence. Vn Tibere, vn Caius, & autres fem-
blables monftres ont-efté miferables en viuant,
& leur memoire eft encores, & fera toufiours en
abomination, non pas pour autre raifon que

D

pour auoir creu & pratiqué voſtre maxime, de faire mourir ceux qu'ils ſoupçonnoient, afin de viure en plus grande ſeureté. Que ſi vous faſſiez croire à tout vn Royaume, que le Souuerain fuſt imbû de voſtre doctrine, & qu'il fuſt diſpoſé à ſe deffaire, ſans autre forme de iuſtice, de tous ceux dont il auroit ſoupçon; vous rempliriez tout vn Eſtat de frayeur, & ſuſciteriez autant d'ennemis au Prince qu'il y a d'hommes qui craignent vne mort violente. Vous luy dreſſeriez des coniurations d'autant de perſonnes qu'il y en a de capables de donner quelque ſoupçon; vous animeriez contre luy pour la conſeruation de leur vie ſes plus fideles ſeruiteurs, & le reduiriez à ne viure pas en aſſeurance de ſes propres gardes. Voila où tend voſtre prudence Chreſtienne; voila ce que pourroit produire voſtre cruelle & meurtriere Eloquence.

X.

200.

N'attendons pas de celuy qui eſtime ſi peu la vie des hommes, qu'il traite plus fauorablement ce que chacun a de plus cher apres ſa vie, c'eſt la Liberté. Il permet de tuer pour vn ſoupçon, il veut que l'on empriſonne ſur *vne legere deffiance, ſur vn* ſimple *ſonge.* On priuera donc des hómes innocens de la cómunication de leurs femmes & enfans, de l'entretien de leurs amis, du plaiſir de leurs terres & maiſons, de la reſpiration libre de l'air & de la vie? pour vne imagination? pour vn ſonge? Balzac le trouuera raiſonnable. Mais il ne conſidere pas combien ſeroit miſerable vn Souuerain qui ſe gouuerneroit ſelon ſes loix? cóbien il ſeroit dangereux que l'on eſtimaſt vn Prince s'eſtre laiſſé emporter à ces perſuaſions inhumai-

nes: comme chacun s'enfuiroit deuant ceste face,
qui doit attirer & resiouyr tout le monde : comment on craindroit autant son amitié comme sa
haine, chacun estant tousiours en suspens, tousiours en crainte de sa liberté, qu'il sçauroit ne de-
pendre que d'vne imagination ou d'vn songe.
L'innocence ne seruiroit à personne pour l'asseurer, & l'on ne trouueroit point de seureté dedans
le tesmoignage de sa propre conscience. Quand
on auroit euité toutes les occasions qui peuuent
rendre vn hôme suspect on craindroit tousiours
ceste soupçonneuse *Prudence*, que Balzac separe
de la Iustice, à laquelle il donne droict d'entree
non seulement dans les apparences des perils ou
bien des crimes, mais encore dans les pensees les
plus secrettes des hommes. Et comme personne
n'auroit moyen de cognoistre les mouuements
cachez de l'esprit, ny de preuoir les songes du
Souuerain, la nature faisant pancher les hommes
à la crainte d'vn mal possible, & comme ineuita-
ble: car qui pourroit empescher vn Souuerain de
penser ce qu'il voudroit, d'auoir quelque legere
deffiance, de songer, ou de resuer? Tout vn Estat
seroit remply de crainte & de haine du Prince.

On ne pourroit pas aimer celuy de qui chacun
attendroit à tous momens vn des maux extremes
de la vie. Car Balzac est bien ignorant des senti-
mens humains s'il s'imagine que la prison soit vn
rafraichissement si agreable que l'on le supporte
auec ioye, pour donner contentement à vne legere deffiance de sa fidelité. Il y a peu de personnes qui ne hazardassent volontiers vie & biens
pour se passer de ceste ioye. Mais ils sortent apres

que le Prince a recogneu leur innocence. Ie ne diray pas que souuent auant le téps de ceste reco-gnoissance plusieurs auront tristemét finy leurs iours & rendu l'esprit, que la naissance leur auoit donné libre, entre les fers d'vne rude captiuité. Mais ceux en fin qui auront eu plus de bon-heur ou de courage pour supporter vne afflictió quel-ques-fois de plusieurs annees peuuent tousiours conseruer vn esprit offensé contre le Prince : & quand ils auroient estouffé tout ressentiment du mal passé, le Prince en auroit mal-aisément la creance, il demeureroit tousiours en doute de leur affection. Desquelles craintes & deffiances mutuelles il n'y a personne qui n'apperçoiue ai-sément les funestes consequences.

Pour mettre vn Prince & vn Estat en repos, il est necessaire que le Prince ait acquis entre les siens vne creance bien esloignee de celle que luy apporteroient les braux conseils de Balzac. Il doit principalement auoir la réputation de Iu-stice, qui preside en toutes ses actions, qui l'em-pesche de punir sans cognoistre, de tuer sur vn soupçon, d'emprisonner sur vne legere deffiance ou sur vn songe. Ceste opinion d'vn Prince luy gaigne les cœurs des peuples, & asseurant tous ses subiects affermit son throsne, & vaut mieux pour sa vie que toutes les gardes qui veillent à sa porte.

C'est cette vraye gloire dont nostre LOVYS XIII. est jaloux, plus que de celle des armes. C'est cette loüange solide, que d'vne commune voix, d'vn consentement vniuersel, nostre siecle luy donne, qui l'appelle, non pas le Victorieux, comme il l'est, mais le Iuste, du tiltre le plus

augufte & le plus aimable, que les hommes puif-
fent inuenter. On fe gardera bien de croire qu'il
gouuerne fon Royaume par les maximes de Balzac, qu'il fafle rien d'extraordinaire, ny qu'il
vfe de puiffance abfoluë, fans grandes & puiffan-
tes raifons, fans confiderations tres-juftes & tres-
importantes. Et fi par fois il eft obligé de s'affeurer de la perfonne de quelques vns de fes fujets,
encor que l'on n'en cognoiffe pas la caufe publi-
quement, on eftime toutesfois qu'elle eft fondée
non pas fur de legeres deffiances, ny fur des fonges, mais fur des raifons tres-valables, & tres-
juftes. Ceux-mefmes qui font arreftez, s'ils s'ef-
timent & fe difent innocens, n'accufent pas
toutesfois la Iuftice de fa Majefté, comme s'ils
eftoient detenus fur des fonges ou de legeres
imaginations: ils fe plaignent de la rencontre
des temps & des affaires, & de quelque malheur
caché, qui a peu donner au Roy vn raifonnable
& jufte fujet de les retenir. Auffi n'accuferay-je
pas Balzac de faire tort au Roy dedans l'opinion
de ceux qui font refmoins de fa vie, & qui reffen-
tent la felicité de fon gouuernement. Il y auroit plus de danger (fi d'autres autheurs n'efcri-
uoient plus à propos & plus veritablement de fa
Majefté) qu'il ne l'offensaft parmi les nations
eftrangeres, & plus encore parmy la pofterité,
qui ne pourra cognoiftre le Roy, que dans les
liures. Car quelle plus mauuaife couleur, quelle
plus chetifue defenfe pourroit-il apporter aux
violentes actions des Princes les plus injuftes,
que celles defquelles il vfe pour fouftenir le
gouuernement du plus Iufte de nos Roys?

201   Il adjoufte en ce fujet vne autre impertinence remarquable. Il dit, que l'on ne s'eftoit iamais aduifé de cét expedient d'arrefter les perfonnes fufpectes. Il valoit mieux dire veritablement le contraire, & monftrer l'Hiftoire, des exemples de ce qui fe prattique aujourd'huy : que s'il eft maintenant plus ordinaire, que dans quelques regnes precedens, la neceffité des temps, à laquelle la raifon s'accommode toufiours, en eft vne raifonnable caufe.

Mais outre que fa raifon eft vicieufe, & toute propre à qui voudroit prouuer le contraire de ce que pretend Balzac ; c'eft encore vne grande ineptie, de dire qu'au temps paffé l'on n'a pas eu affez de prudence, ny affez d'efprit, pour s'auifer au befoin d'vne inuention fi facile. C'eft bien vainement admirer fon fiecle, c'eft bien fuperbement condamner les precedens d'vne ftupidité groffiere. On s'eft toufiours auifé de ce qui fe fait aujourd'huy; en toutes faifons. En toutes nations les Princes ont pris affeurance, & des particuliers, & des peuples qui leur eftoient fufpects. S'ils ne l'ont fait, ils ont manqué de puiffance ou de volonté, non pas iamais d'efprit, pour trouuer vn expedient fi aifé. Nous ne voyós aujourd'huy rien fans exemples, ny rien de nouueau pour ce regard. Nous croyons feulement, que ce que fa Majefté fait, elle l'ordonne auec autant de confcience & de iuftice, elle s'en fert auec autant de moderation, dont iamais en pareille occafion les Princes les plus humains & les plus religieux ayent vfé.

Ie laiffe à iuger à Balzac, lequel des deux raisonnemens, du sien, lequel ie reprens, ou de cest autre, que ie propose, est plus conforme au merite de sa Majesté, plus vtile à son seruice, plus conuenable à son honneur & à la persuasion, que nous deuons tous auoir de nostre Maistre. S'il conteste, j'ose me vanter d'auoir contre luy, l'authorité de ses deux Docteurs Mãdians, lesquels il a pensé surprédre pour faire approuuer son liure.

Les mesmes aussi ne pourront pas trouuer mauuais ce que ie me sens obligé de dire en suitte. Balzac nous veut enseigner vn conseil de Dieu, qui ne se trouue ny dans l'vn ny l'autre Testament. *Dieu*, ce dit-il, *conseille de viure d'aumosne*, il diroit mieux, qu'il conseille & commande de la donner. S'il est escrit de tout vendre pour donner aux pauures, ce n'est pas afin que l'on viue, apres la vente & distribution de ses biens, dedans vne oiseuse mandicité, pour demander & pour reprendre en detail selon le besoin de la vie, les biens, que l'on aura tous delaissez en vne fois. L'on s'acquitte dignement de ce conseil, ainsi qu'vn sainct personnage a escrit, quand ayant abandonné toutes choses pour l'amour de Dieu, l'on trauaille de ses mains pour viure, & encore pour donner l'aumosne à ceux qui en auront besoin. Le bien-heureux Apostre, fidelle & infaillible interprete de l'esprit & de la volonté de son Maistre, semble n'auoir aucune chose en plus grande recommandation, que de retrancher l'injuste faineantise, qui se nourrist de ce qu'elle vole & rauit aux necessitez de

ceux, qui ne peuuent trauailler. C'est son dernier auertissement, ce sont ces dernieres paroles
en cette belle harangue, qui tira les larmes de
toute son assistance. Vous sçauez que ces mains
icy ont seruy à toutes mes necessitez, & de ceux
qui estoient auec moy. Ie vous ay monstré sur
toutes choses, qu'il faut, en trauaillant de la sorte, assister les malades, & se ressouuenant des discours du Seigneur Iesus, par ce qu'il a dit luy-
mesme. Il est plus heureux de donner que de re-
ceuoir. Si l'Apostre a quelque raison d'establir &
fonder sa doctrine sur la parole de nostre Seign.
sans doute la Loy de Iesus-Christ est bien esloi-
gnée de permettre, que sans necessité personne
viue d'aumosne, puis qu'elle oblige mesmes à
trauailler pour le soulagement de la misere d'autruy. Il ne se contente pas de l'auoir annoncé de
viue voix à ceux d'Ephese, il leur mande encore
par escrit, Que le Larron ne dérobe plus,
mais qu'il prenne peine en trauaillant le bien
de ses mains, afin qu'il ait dequoy donner au
necessiteux. Il estoit beaucoup plus facile
de porter le larron à mandier, & à viure d'aumosnes, si le Christianisme, ie ne diray pas
l'eust conseillé, comme vn bien, mais seulement
l'eust permis, comme vne chose indifferente,
que de le contraindre à vn penible trauail, si l'A-
postre n'auoit voulu monstrer, que personne
n'a droit de viure d'aumosnes, sinon celuy,
qui ne peut pas trauailler, pour l'entretien duquel tous les autres sont obligez au trauail. Car
qui refuse de trauailler, comme il nous apprend
ailleurs,

ailleurs, n'a pas auſſi droict de viure, ny de manger. Il dit que celuy-là chemine en deſordre, il l'exhorte de par Noſtre Seigneur Ieſus-Chriſt, de trauailler en repos, pour manger ſon pain (non plus celuy d'autruy) il veut & commande au nom (comme s'il diſoit, de la part) du meſme Seigneur-Ieſus-Chriſt, que l'on ne hante point vn Chreſtien, qui marchera dans ce deſordre. Dont il eſt aiſé de côclurre non pas, ce que Balzac auance legerement, que Dieu conſeille aux ſiens de viure d'aumoſnes, mais au contraire, que c'eſt vne doctrine Chreſtienne enſeignée par Noſtre Seigneur, que l'on eſt obligé de trauailler & pour viure & pour donner l'aumoſne.

Que ſi Balzac eſpere pour ſa defenſe, pouuoir ſouleuer les Ordres Mandians, ie l'empeſcheray bien aiſément de s'en preualoir contre moy, au moins ie contenteray les religieux, les ſçauants, & les modeſtes, car s'il y en auoit d'autre ſorte, ie ne ſuis pas obligé de ſatisfaire à ceux, qu'aucune raiſon ne pourroit pas contenter. Ie dis, que quiconque trauaille pour l'Egliſe & s'y employe ſoigneuſement & aſſiduellement, comme en ſon propre meſtier, a droict & pouuoir de viure aux deſpens de ceux, auſquels il rend ſeruice, ſoit qu'il recueille quelque bien affeſté à ſa charge, ſoit qu'il luy faille demander ſon viure, comme vne debte non pas ciuile, mais naturelle, à ceux auſquels ſon trauail eſt neceſſaire. Hors de ceſte regle & de l'autre condition que nous auons expliquée, quelque couuerture de religion, que l'on baille à la mendicité, elle eſt touſiours iniuſte & entierement contaire au Chriſtianiſme auſſi bien

E

qu'aux polices humaines, & au droit de nature, qui ne souffre pas, que l'on prenne deshonestement sans rien donner, ne qu'vne partie reçoiue son aliment des autres, sans rendre au tout le contr'eschange de quelque commodité. Aussi ne veux-ie pas croire, que Balsac oze défendre, comme vne verité necessaire, ce que, sans autrement y penser, en traittant autre sujet, il a laissé couler de sa plume. Mais bien l'aduertiray-je qu'il deuroit au moins apporter autant de soin pour les choses, que pour les paroles; que pour dresser vne contrepoicte de mots, il ne faut pas mettre en auant vn mensonge, ny laisser glisser vne mauuaise doctrine, pour en establir vne bonne.

Voyons à present si Balzac aura esté plus heureux à faire des Propheties, qu'à forger de nouueaux conseils de Dieu. Apres s'estre mocqué des Espagnols, qui se forgent en l'imagination l'Empire de tout le monde, sur certaines fausses Propheties, il veut aussi cercher des oracles en faueur de sa Majesté. Qui eust attendu de luy qu'apres auoir accusé la vanité mensongere des Espagnols, il eust vonlu produire vn homme estimé le plus malicieux & detestable de tous les Escriuains, pour vn Prophete? Car qui n'a point entendu parler de Machiauel & de ses dangereuses maximes? qui ne le tlent comme vn ennemy public de toute sincerité, Iustice, Religion & vertu, Conseiller & autheur de tyrannie, Maistre de dissimulation & de perfidie, Docteur de cruauté & d'impieté? que toute l'Eglise se persuadera plustost auoir esté possedé de l'esprit de Satan,

qu'aucun bien instruit en nostre Religion ne
pourra croire, qu'il ayt esté infailliblement inspi-
ré de Dieu. Toutesfois Balzac le met entre les
Sages, & le nomme grand personnage, sans se re-
souuenir d'auoir auparauant approuué le iugement de Seneque, lequel ne peut endurer de Tite   300.
Liue, qu'il appelle grand esprit, vn meschant
homme.

Mais laissons à part la personne, & sans considerer si la Prophetie part de Balaam ou de son
son Asnesse, examinons la par elle mesme. Il y a
cent ans que Machiauel escriuoit à Laurent de
Medicis Duc d'Vrbain, que la pauure Italie *espe-*
roit de sa maison quelqu'vn qui la deliurast. Ce
que Machiauel escrit pour vne fort honneste flat-
terie, Balzac nous en fait vn oracle infaillible.
N'a-t'il pas raison apres vne diuination si certaine
& si euidente, de se mocquer de celles que les Espagnols nous debitent ? *Infailliblement l'esprit*
diuin, qui dictoit ces paroles à Machiauel, regar-   391.
doit le mariage de nostre Henry quatriesme. Pourquoy plustost, que celuy d'Henry second auec
vne Medicis, fille & heritiere d'Vrbin, qui a donné consecutiuement trois Rois en France ? Pourquoy plustost, que tous les autres mariages des
filles de Florence és autres maisons de la Chrestienté ? Il n'y a rien en ceste belle Prophetie, qui
touche plus particulierement sa Majesté, que tous
ceux qui peuuent descendre des filles de Medicis.

Mais à le bien prendre, ny sa Majesté, ny les
autres qui ne tiennent des Medicis, que par la
mere, ne peuuent pretendre aucune part en cest
oracle. Il nomme expressement la maison de

Medecis, & particulierement celle d'Vrbin, desquelles on ne peut pas dire, que soit sa Majesté
non plus que le Dauphin si ardemment desiré des
vœux de toute la Frâce ne seroit pas de la maisô ou
d'Austriche ou d'Espagne, mais de celle de Bour-
bon & de France : non plus que le Roy n'est pas
aussi de la maison d'Espagne pour estre petit fils
de sainct Louys, issu d'vne fille d'Espagne. Ce
que Balzac auroit moins de grace de soustenir,
qu'aucun autre, pour auoir par cy-deuant remon-
stré à la Royne, *Que le peuple d'Espagne ne luy est*
plus rien depuis son mariage, que d'elle son nom ne
peut passer à vn autre, & que les femmes sont la
fin des maisons d'où elles sortent, & le commen-
cement de celles où elles entrent. Ce que compa-
ré au lieu duquel nous traittons, si l'on veut prendre pour quelque sorte de contradiction, ie n'en
sçauray pas si mauuais gré à nostre Prince d'Eloquence, que d'auoir meslé des legeretez si badi-
nes parmy les loüanges de sa Majesté, comme s'il
n'y auoit pas assez de matiere dans les vertus du
Roy, pour en tirer des augures tres certains du
bon-heur lequel il promet & doit apporter à tou
te l'Europe.

Ie me suis arresté plus long-temps à reprendre
en particulier toutes ces choses, non pour me
plaire à descouurir les defauts de personne, encor
que la vanité de Balzac, qui offence tout le monde, merite bien plus rude traictement : mais parce
qu'il m'a semblé, que la pluspart de ces fautes n'e-
stoient pas seulement contre les reigles de bien
dire, mais encore comme i'ay remarqué contre le
bien de l'Estat, contre la reputation & seruice de

sa Majesté, contre les bonnes mœurs, & contre
nostre Religion. Ie passeray plus legerement sur
ce qui reste. Ie ne remarqueray point icy ses
sainctes & religieuses hyperboles, qu'il a peine à
confesser que l'action du Roy pour la deffaicte
des Anglois, *doiue ceder au merite des Martirs.*
Que si le Roy est chaste, *il faict quasi plus qu'il* 106.
ne doit : qu'il faut qu'il ait de grandes pretensions 78.
en l'autre monde ; qui est vne façon de parler nou- 79.
uelle & bien dure au Christianisme.

    Ie laisse diuerses fautes de iugement, comme
entr'autres ceste belle comparaison, que le Prince
qui charge son peuple de tailles pour les necessi- 204.
tez de l'Estat est semblable à la Bize, qui deracine
les arbres & abbat les edifices, pour purger l'air.
Et cét autre incomparable, que comme les De-
mons se meslent quelquesfois en l'air parmy les 108.
pluyes, parmy les foudres & tempestes, ainsi que
les Roys sont inspirez de Dieu.

    Mais ie ne peux laisser passer, pour la derniere re- XIV.
marque, vn vice espandu generallement dedans
tout le liure, l'inclination violente de Balzac, pour
blasmer toutes choses à tout propos, qui fait encore paroistre la sterilité de son esprit, comme s'il
n'auoit autre moyen de donner des louanges, que
par l'opposition du blasme. Car encore que ce
soit vn artifice non seulement permis, mais encore fort excellent & vtile aux Hommes, de releuer
& enrichir la vertu par l'aneantissement du vice
contraire. Toutesfois outre qu'il est facile, il ne
se faut pas continuellement soustenir sur vne
mesme figure, comme sur vn mesme pied : & le
monde s'ennuie de ne voir qu'vne perpetuelle sa-

tyre en vn difcours de loüanges. Icy ie n'entre-
ray point en confideration de la juftice ou bien
de l'iniquité de toutes les reproches que donne
Balzac, nous en verrons quelques vnes de juftes,
encores qu'elles foient libres, Ie veux feulement
comme i'ay propofé, monftrer fon habitude à
mefdire par vne reueuë de fon liure. Ie n'empef-
cheray pas toutesfois que l'on y recognoiffe des
fautes de iugement affez fignalees, mais ce n'eft
pas mon deffein de les eftendre ny remarquer. Ie
notte feulement fa forte inclination à vouloir reprendre.

  S'il veut dire qu'il a raifon de loüer noftre bon
67. Maiftre, il faict vn narré des mauuais Princes,
que leurs fujects ont loüiez. Il ofte à vn de nos
Roys le tiltre de Debonnaire, pour luy donner
celuy de Sot, & veut qu'Elizabeth fe proftituë
70. vilainement au Comte d'Effex, encore que, felon
fon dire, les Anglois ayent la main à l'efpee, pour
Depuis la fouftenir eftre vierge. Si le Roy eft deuotieux
82. c'eft le fujet d'vn grand difcours contre les fauffes
à deuotions, de là contre la nouuelle Theologie &
100. contre les Efpagnols. Sa Majefté fe plaift aux
103. exercices du corps, il faut blafmer les autres Princes de noftre temps, qui paffent la plufpart de leur
vie dedans leurs Palais, & rendre infame leur fo-
litude. Le Roy aime la peinture. Selim auroit eu
137. grand tort de peindre à fon loifir vn autre tableau
que celuy de fa victoire. Et René d'Anjou a failly,
139. non pas pour auoir efté abfent de Sicile quand il
Depuis la perdit, mais pour s'eftre arrefté à la peinture
41. d'vne perdrix. Noftre Prince fçait iuger des cho-
à fes belles : à ce fujet vn Seigneur de Saxe, & le
57.

Pape Adrian reçoiuent la reprimande. Le Roy n'ignore aucune chose conuenable à sa dignité : il faut faire à ce propos vne censure generale des sciences.

Veut-il loüer la diligence & la prouidence de sa Majesté, il blasme vniuersellement tous ses deuanciers. Charles le Sage n'a merité cest honorable surnom, que plusieurs annees apres sa mort, depuis la folie de son fils. En tous les regnes precedens, il n'y a eu que *legereté, inconstance, & folie. La tempeste nous a iusques icy seruy de pilote: s'il y eut eu de la prudence du temps de nos Peres, il n'y auroit eu ny Ligue, ny Huguenots.* Sa Majesté est obligee, par la necessité de ses affaires, de s'asseurer de quelques-vns de ses sujects, en arrestant leurs personnes, Balzac trouue bien à propos d'accuser tous les Roys precedens, d'imprudence pour ne s'estre pas aduisez d'vn pareil expedient.

Le Roy fait la guerre en Italie, il se faut ietter sur l'ambition, l'orgueil, l'infidelité, la cruauté, le peu de Religion d'Espagne, & nommément (encore que l'on ait promis de ne rien dire contre la maison d'Austriche) sur Ferdinand, Charles le Quint, & sur Philippe second; Puis mettre comme de raison les Peres des Equiuoques, auec les Espagnols : & par apres (afin que ces Reuerens ne manquent point en cest endroit du sujet de leur vanterie ordinaire, qu'aucun ne les attaqua iamais, qui ne s'attaquast au sainct Siege) censurer le Siege Apostolic, pour sa precipitation à à condamner l'Angleterre. Le Roy est patient. On prend derechef le blasme de nostre nation, &

Depuis 167. à 183.

172.

201.

218.

230.

235.

de nouueau l'on en charge les peuples du Septem-
trion.

262.

S'il faut estimer l'aage de sa Majesté, Balzac
commence le blasme de la Vieillesse, qu'il iuge
moins raisonnable, moins sage, & moins esclai-
ree de Dieu que la ieunesse : & ne pense point,
qu'il luy faudra changer de discours, quand Dieu
aura fait la grace à sa Majesté de vieillir. La vie du
Roy a esté trauersée de continuelles peines, dans
les miseres de son Estat. C'est vne occasion à
Balzac de se mocquer de la profonde & longue
paix, dont quelques regnes ont iouy. *Alors*, à son
aduis, *tout le monde ne faisoit que dormir*, *Il y auoit*
suspension generalle de toutes les fonctions de la vie
actiue. Il rend ridicules ces heureuses saisons, ou
les histoires n'auoient autre matiere, que des ma-
gnificences publiques sans songer, que tous les
trauaux de nostre bon Prince, n'ont & ne peuuent auoir vne fin plus excellente, que de produire premierement à la France, puis à toute la
Chrestienté, & s'il estoit possible, à tout le reste
du monde, vn repos semblable.

272.

276.

Si le Roy est recommandable pour son excellête
probité. Les Lacedemoniens se trouuent pris dâs
le larcin de leurs enfans : Et Ciceron a mauuaise
grace, quand il s'offense de n'estre appellé que
homme par son amy. Si Balzac grossist son liure
des diuerses separations inuentees par les Plato-
niciens, s'il les applique à son propos, ce ne luy
sont toutesfois que resueries. Si sa Majesté ne
faict point de guerres iniustes, pour enuahir le
bien d'autruy : On prend derechef les Espagnols
à partie, lesquels on mene battant iusques à la fin
du

290.

du liure. En fin tous ceux qui regnent auiour-
d'huy ſur la terre, ont, comme il luy ſemble, quel- 344.
ques notables deffauts.

Et pour terminer dignement ſon liure, afin
que l'on n'eſtime pas, que finiſſant ce volume il
vueille ceſſer de meſdire, il s'oblige par vne ſo-
lemnelle promeſſe en ſes dernieres paroles, non
pas de continuer comme il a bien commencé,
mais de ſurmonter de beaucoup par cy apres,
tout ce qu'il a monſtré ſçauoir en ceſte perfection
de reprendre. Que ſon ſecond volume ne ſera
qu'vne continuelle médiſance, vn examen gene-
ral, vn iugement vniuerſel des viuans & des
morts. Ainſi veut-il eſtre condamné pour les fautes faites & à faire, il ſe rend coupable auparauant
que d'auoir commis la faute, digne qu'on luy
commande de ſe taire, auant qu'il commence à
parler.

Balzac m'accuſera peut eſtre de tomber moy xv.
meſme dans le vice, que ie reprens maintenant:
que ie condamne ſa médiſance par vne autre;
mais ie ne dois pas apprehender, que ſon Eloquence le perſuade. Chacun verra la difference
d'vn médiſan d'humeur, qui mord auidement
tout ce qui s'offre; & d'vn homme qui note par
raiſon, en vn ſeul autheur, ce que le bien public
demande, que l'on reprenne. C'eſt à la verité
choſe dure, d'accuſer celuy qui le merite, ou de
le condamner; toutesfois l'vtilité publique met
ceux qui s'acquittent de ceſte ſeuerité, les Procu-
reurs Generaux & les Iuges, en vn haut degré
d'honneur. Ie laiſſe au iugement de tout le monde, ſi vn amateur des bonnes lettres, de ſon pais

& de fa Religion , a fait dans ce difcours quelque
chofe de contraire à ces deuoirs là : & s'il n'a pas
efté raifonnable , qu'vn homme reprift celuy que
tout le monde doit reprendre , par ce qu'il mef-
prife & reprend tout le monde.

XVI.

Icy ie pourrois bien finir , fi on n'attendoit
quelque mot des deux Lettres, que Balzac a mifes
à la fin de fon liure. Elles font pleines toutes deux
d'vne gloire & fuperbe infupportable. Son liure
doit eftre la honte des fiecles paffez , l'enuie de
noftre aage , & l'admiration de la pofterité. La
nature deuoit au Roy ceft Heraut de fes actions.
La gloire de tant de batailles & de victoires, le lu-
ftre de tant de vertus eftoit terny , fans la lumiere
de ce nouueau Soleil d'Eloquence. Il nous falloit
vn homme auffi bien difant , comme le Roy fçait
bien faire. Si ce ne font les propres paroles de
Balzac, on iuge bien à ce qu'il eferit, que fes fen-
timens de foy-mefme font encore beaucoup plus
magnifiques.

Il fe penfe infolemment éleuer par le mefpris
de tout ce que l'antiquité nous a laiffé de plus
adcomply. Il croit que tous les efprits de toutes
les nations de la terre doiuent ceder au fien : ef-
tranger qu'il eft entre les hommes, qui n'a pas encor appris qu'il n'y a point de defpit plus naturel,
que contre la fuperbe ; & que comme l'egalité eft
mere de paix & nourrice d'amitié , auffi vouloir
arrogamment eftre par deffus tous les autres , apporte comme neceffairement vne haine vniuer-
felle. Ou, s'il fçait affez de Morale, pour n'igno-
rer pas , qu'aucun ne fe peut empefcher de vouloir mal à vn homme glorieux, il eft d'autre cofté

bien ignorant & bien nouueau en cest art, dont il brigue l'Empire s'il ne cognoist, que rien ne resiste tant à la persuasion, que la haine, & qu'il n'y a point de pire inuention pour plaire, que de se faire haïr.

En sa premiere lettre il se iette outrageusement contre les gens de College ; En quoy s'il n'a pas raison, au moins il a de la constance, & il demeure conforme à ses escrits precedens. Vn qui s'est declaré ennemy iuré des bonnes Lettres, ne deuoit pas en aymer les Professeurs. Mais il dissimule icy la vraye cause de sa haine, & en apporte vne pertinente raison. Les sciences, dit-il, sont mal traittées dans les Colleges. Le sont elles mieux ailleurs, où l'on ne les enseigne point? D'où sortent tous ceux qui sçauent, ou qui sont capables de sçauoir, sinon des Colleges? Mais si ceux là traittent mal les sciences, qui ont passé tout leur aage à les apprendre & enseigner, comment Balzac, qui met le bon heur de sa vie à ne rien faire en pourra t'il bien parler? Si les gens de College sont comme il parle, *Adulteres & Corrupteurs des sciences.* Balzac sera t'il admis luy tout seul à les carresser en vray Mary? ou pour garder leur virginité, pour ne les corrompre pas, continuera t'il à ne les toucher point? Nostre siecle est bien-heureux, d'auoir en fin obtenu d'Argus & le Conseruateur de la chasteté des sciences, ou leur Espoux bien aymé! Mais plustost l'Eschole d'Angoulesme a produit vn mauuais Escolier, qui n'a rien appris, qu'à dire mal des iniures à ses Maistres.

Il les appelle Pedans: mais si Pedant (comme

l'enseignent ceux qui ont donné vogue à ce mot)
est vn nom de vice non pas de Profession, si Pedant se trouue sous la ipanache & dans les botes,
aussi bien qu'en vne longue robbe ; si Pedant est
vn homme inepte, remply d'vne vaine opinion
de science, qui s'admire tout seul, mesprise &
blasme tous les autres ; qui est-ce qui pourroit re-
fuser, à Balzac vne aussi bonne place en Pedante-
rie, qu'il en pretend en Eloquence? qui ne luy ac-
corderoit comme il la merite bien, la Principau-
té Pedantesque, pour sa Tyrannie du bien dire?

Goulu le deuoit auoir assez instruit à n'offen-
ser pas de gayeté de cœur plusieurs engagez en
mesme cause. Il en a peut estre appris à espargner
le nom des Religieux, & s'il les touche, à ne les
pas descouurir entierement : il n'a pas plus de raison d'attaquer nommement les professeurs des
bonnes lettres. Il reuere les Cloistres, il charge
sur les Colleges comme si les Escoles n'auoient
point autant de droit de commettre des Scholar-
ques, pour le chastier, comme les Conuents en
ont eu de nommer vn Phylarque.

Ce seroit chose trop ennuyeuse de remarquer
en particulier tout ce qui se peut reprendre en ces
deux lettres : seulement, en finissant, ie monstre
le beau iugement de Balzac par vn abbregé de la
derniere. On le pourra conferer auec la piece
tout entiere pour y recognoistre plus clairement
ceste admirable pratique d'vne Eloquence nouuelle. En voicy le sommaire.

Qu'il a fait vn excellent ouurage, dans lequel
il a surpassé les anciens (lesquels il n'a reuerez
sinon à cause de leur aage comme il honore vn

homme de soixante ans) & qu'il a pareillement 25.
surmonté tous ceux qui viuent auiourd'huy entre toutes les autres nations du monde, qu'il a
bien habillement loüé le Roy, parce que c'est son
Maistre ; & que quiconque trouue de l'excez en 30.
ces paroles, ne sçait pas quel est le deuoir d'vn sujet. Que ça touhiours esté vne coustume, de bien
parler des Princes, quand mesmement ils n'auroient pas esté loüables. Pour Monsieur le Cardinal qu'il le veut consoler par ceste lettre que la
Reine mere, qui est la meilleure Princesse du
monde ne deuoit pas entendre les conseils d'Espagne, ne croire les diseurs de bonne fortune, & 43.
les Interpretes de songes, mais conseruer le premier degré de felicité où Monsieur le Cardinal 47.
l'auoit conduit. Que sa Majesté retenant Monsieur le Cardinal, contre la volonté de sa Mere &
de Monsieur son Frere, a consideré que les Rois 46.
ont plus besoin de Seruiteurs que de Parens.

Que s'il a fait quelques fautes en son liure, il
n'a fait que ce qu'il deuoit, comme il l'auoit bien 50.
declaré en commençant à escrire. Pour l'entrée
de son Liure, que Platon, Ciceron, Saluste, Dion,
Plutarque & Minutius Felix en ont fait de plus
impertinentes qu'il a voulu faire mieux qu'eux,
comme il entreprend le trauail de la plus longue
halaine, qui ait esté veu en Eloquence Oratoire.
Que pour l'amour de sa Majesté, il a parlé de l'Automne & de la charante. En fin, que le conte d'vn
Gentil-homme Flamand, qu'il rapporte au commencement de son liure n'est point vne fable,
mais vne histoire veritable.

Balzac n'est-il pas aussi grand Politique, qu'il 50.

eſt excellent Orateur ; plus digne qu'homme viuant, plus digne que tous les morts, d'eſcrire des
affaires publiques ? Ne ſçait-il pas bien ſouſtenir
les actions de ſa Majeſté , & loüer dignement
ceux, que le Roy veut honorer ? digne à la verité,
qu'on luy pardonne pour ſon zele : & pour recompenſe , que l'on luy permette de ſe repoſer
deſormais & de ſe taire des affaires d'Eſtat. Le
gouuernement n'en ſera pas moins eſtimé, & ce
grand & ſage Cardinal , que Balzac entreprend
de conſoler , aſſez familierement , n'en aura pas
moins de reputation ny de gloire.

16.

Pour toutes ces diuerſes raiſons , ie ne deſire
pas toutesfois oſter entierement la plume d'entre
les mains de Balzac, Ie ne me departiray point de
mon premier auis que s'il vſoit de iugement il ſeroit bon Declamateur & agreable Eſcriuain.
Qu'il vſe des yeux d'autruy , qu'il conſulte d'autres oreilles , qu'il monſtre à quelques experts ce
qu'il a deſſein d'eſcrire & de mettre au iour, qu'il
retranche ceſte apparante ſuperbe , que l'on ne
peut endurer qu'il ceſſe du tout en eſcriuant , de
parler auantageuſement de ſoy-meſme, & de vouloir eſtre iuge en ſa propre cauſe. Il aura le iugement des hommes plus fauorable , s'il peut tenir
en ſuſpens, ou du moins s'il peut ne publier pas le
ſien.